HORSE CLUB™

Ein Fohlen für Mia

von Emma Walden

Weitere Bücher aus dieser Reihe:

Das Geheimnis um Lakeside

Turnierträume

Spuren im Wald

Der große Tag

Rätsel um Princess

Die goldenen Schlüssel

Ein Fohlen für Mia

von Emma Walden

Das ist AMEET-Qualität

Bevor wir ein Buchprogramm planen und die einzelnen Bücher entwickeln, besuchen wir unsere kleinen Leser und ihre Eltern zu Hause.

Wir wollen wissen, was Kinder lieben, was sie cool finden, was sie erwarten, wenn sie ein Lese- oder Rätselbuch in den Händen halten. Denn unser Verlag hat sich auf die Fahnen geschrieben, der Verlag zu sein, der am besten weiß, was Kinder wollen.

Die Quelle unserer Erkenntnisse bezüglich Lesererwartungen und ihrer Vorlieben sind professionelle Interviews, die wir regelmäßig mit Kindern und ihren Eltern durchführen. Die Ergebnisse fließen direkt in die Konzeptionierung unserer Buchreihen und Einzeltitel ein.

Das garantieren wir Ihnen:

- Bücher, mit Kindern entwickelt
- Bücher, von Eltern getestet
- Bücher, die Kinder cool finden und gleichzeitig Elternbedürfnisse erfüllen

Wir möchten für Sie immer besser werden:

Sollten wir mit diesem Buch Ihre Erwartungen nicht erfüllen, lassen Sie es uns bitte wissen! Wir freuen uns auf Ihre Kritik und Ihr Lob! Nehmen Sie einfach Kontakt zu uns auf und schreiben Sie uns, gern auch per E-Mail an ameet@ameet.de.

Ihr
AMEET VERLAG
Destouchesstraße 68
80796 München

Produziert von AMEET Sp. z o.o., lizenziert durch die Schleich GmbH.

AMEET Verlag GmbH
Destouchesstraße 68
80796 München
Deutschland
www.ameet.de

Please keep the AMEET Verlag address for future reference.
AMEET Verlag Adresse bitte aufbewahren (Herstellerangabe).

Titel der englischen Originalausgabe: A Foal Friend
Text: Emma Walden
Übersetzung: Doris Attwood
Umschlag und Innenillustrationen: AMEET Studio
Lektorat: Silke Kords

ISBN 978-3-96080-290-7

Inhalt

Zu klein für Spotty

Der Lakeside Pferdehof sah im sommerlichen Sonnenschein wunderschön aus. Die Horse Club-Mädchen – Hannah, Lisa, Sarah und Sofia – plauderten und lachten zusammen auf dem Hof, während sie ihre Pferde putzten. »Ich freue mich so auf unseren entspannten Ausritt in den Peppertree-Wald«, sagte Sofia verträumt und striegelte Blossoms lange glatte Mähne.

»Ha! Wenn Hannah und Cayenne dabei sind, ist er bestimmt nicht entspannt«, erwiderte Lisa lachend. Sie stellte den Huf ihres glänzenden schwarzen Wallachs Storm wieder auf dem Boden ab und richtete sich auf.

»Cayenne liebt es nun mal, wild durch den Wald zu galoppieren. Er lässt sich von niemandem aufhalten«, erwiderte Hannah und grinste breit. »Nicht dass ich ihn aufhalten wollte. Und überhaupt, du und Storm, ihr mögt es doch genauso gerne rasant wie wir.«

Cayenne wieherte zustimmend. Er war ein Westernpferd und ebenso fröhlich und verspielt

wie Hannah – die beiden passten perfekt zueinander.

»Ich reite gern ganz gemächlich mit dir durch den Wald, Sofia«, sagte Sarah. Sie striegelte das schimmernde Fell ihrer Palomino-Stute Mystery und lächelte ihre Freundin an. »Sollen die zwei ruhig ein Wettrennen veranstalten.«

»Aber ohne uns«, fügte Sofia hinzu. Blossom stupste sie mit der Schnauze an, als wäre sie auch damit einverstanden. Aber Lisa hatte

andere Pläne. »O nein, heute wird nicht gebummelt. Ich wollte dir doch beim Springen helfen, schon vergessen, Sofia?«, rief sie ihr zu. »Du bist bei unserem letzten Ausritt im Wald so toll über diesen Baumstamm gesprungen. Ich dachte, wir könnten diesmal alle probieren, über die umgestürzte Eiche zu springen ...«

Sofia riss vor Schreck die Augen auf. »Ich habe die Eiche gesehen – sie ist riesig!«, rief sie zurück. »Ich springe da nicht drüber.«

»Oh, es ist doch nur ein kleiner Hüpfer«, erwiderte Lisa und kratzte Storms nächsten Huf sorgfältig aus.

»Für die regionale Juniorenmeisterin im Springreiten vielleicht«, widersprach ihr Sofia.

Sarah lächelte schüchtern. »Weißt du noch, wie wir uns darüber unterhalten haben, dass wir alle ganz unterschiedliche Träume haben, Lisa?« Sie bekam ein ganz verklärten Blick und schien für einen Moment in Gedanken versunken.

»Ja, natürlich«, antwortete Lisa und fragte dann verdutzt: »Aber wie kommst du denn jetzt darauf?«

»Ich glaube«, warf Hannah lachend ein, »Sarah will damit sagen, dass Sofia und Blossom nicht unbedingt davon träumen, über einen riesigen umgestürzten Baum zu springen.«

»Genau«, bestätigte Sarah. Wer Lisa und Hannah nicht kannte, konnte sie für ziemlich unterschiedlich halten. Lisa trainierte sehr ehrgeizig dafür, sich als Springreiterin immer weiter zu verbessern. Hannah hingegen galoppierte am liebsten wild und frei mit Cayenne durch ganz Lakeside wie in einem richtigen Western. In vielerlei Hinsicht waren sie sich jedoch sehr ähnlich. Manchmal vergaßen sie vor lauter Begeisterung einfach, darüber nachzudenken, ob andere ihre Ideen wohl genauso genial fanden wie sie selbst. Dafür konnte man mit den beiden aber auch großen Spaß haben.

Im selben Moment ritt Tori Michaels auf ihrer wunderschönen schwarzen Stute Princess an ihnen vorbei. Toris Vater gehörte ein schicker Reitstall ganz in der Nähe, aber sie trainierte in Lakeside, weil der Hof über den besseren Springparcours verfügte. Bei Springreitturnieren war sie Lisas größte Rivalin. Tori warf den Horse Club-Mädchen wie üblich einen hochnäsigen Blick zu.

»Na, macht ihr einen netten kleinen Ausritt?«, fragte sie spöttisch. Sie betrachtete die vier Freundinnen und ihre Pferde von oben bis unten und rümpfte die Nase. »Tja, ich schätze, es hat keinen Sinn, hübsch auszusehen, wenn ihr sowieso gleich wieder durch den Matsch trampelt und euch schmutzig macht.«

»Das nennt man Spaß haben«, gab Hannah mit einem wütenden Funkeln in den Augen zurück.

»Spaß ist was für Leute, die nicht gut genug für einen richtigen Wettbewerb sind«, erwiderte Tori mit einem schiefen Blick auf Lisa. Bevor Lisa etwas erwidern konnte, ging Sarah schnell dazwischen. »Wir sind so weit«, verkündete sie und streichelte Mysterys Hals. Als sie feststellen musste, dass sie die anderen ignorierten, trottete Tori mit hocherhobenem Kinn und ohne eine Mine zu verziehen in Richtung Springparcours davon.

»Typisch Tori!«, stöhnte Lisa und führte Storm zum Aufsitzblock. »Aber wir lassen uns von ihr nicht die Laune vermiesen.«

»Wir sind auch fertig«, sagte Hannah, setzte einen Fuß in den Steigbügel und schwang sich mit Leichtigkeit auf Cayennes Rücken. Dann ritt sie langsam mit ihm vom Hof ... und wäre beinahe mit Mia zusammengeprallt, die gerade mit ihrem frechen Pony Spotty um die Ecke kam.

»Hallo, Schwesterchen!«, rief Hannah.

»Hi, Sofia!«, rief Mia und ging mit Spotty einfach an ihrer Schwester vorbei zu ihrem liebsten Horse Club-Mitglied.

»Hi, Mia«, begrüßte Sofia sie fröhlich. Sie mochte Hannahs kleine Schwester sehr. Außerdem liebte auch sie die verrückten Shetlandponys, die immer wie wild über die Koppel galoppierten – allen voran Mias geliebtes kleines Pony Spotty.

»Was habt ihr denn zu Tori gesagt?«, wollte Mia wissen. »Sie sah richtig wütend aus.«

»Es geht eher darum, was wir *nicht* zu ihr gesagt haben«, antwortete Sofia lachend. »Dank Sarah hat sich unser feuriges Duo ausnahmsweise mal nicht von Toris Gemeinheiten provozieren lassen und sie ist einfach wieder abgezogen. Und, was treibt ihr zwei so?«

»Ich wollte in der Sattelkammer nach längeren Steigbügeln suchen – bei meinen bin ich schon im letzten Loch«, antwortete Mia. Sie band Spotty an der Stelle an, an der Storm eben noch gestanden hatte. Das Pony schüttelte seine Mähne und futterte genüsslich aus Storms Heunetz.

Mia begann, die Steigbügelriemen abzumachen, und Lisa fragte sie: »Denkst du nicht, es ist langsam an der Zeit, dass du zu einem größeren Pony wechselst?«

»Nein, tue ich nicht«, blaffte Mia sie sofort an und ihre Laune veränderte sich schlagartig.

»Aber wenn du dich verbessern willst, dann brauchst du ein Pony, das die richtige Größe für dich hat«, beharrte Lisa.

Sofia und Sarah tauschten einen besorgten Blick. Dass sie allmählich zu groß für Spotty war, war für Mia nur schwer zu akzeptieren.

»Bald helfen dir auch keine längeren Steigbügel mehr, weil deine Füße über den Boden schleifen. Dann kannst du mit ihm mitrennen«, warf Hannah scherzhaft ein.

Die arme Mia brach in Tränen aus.

»Oh, Mia! Bitte entschuldige«, sagte Hannah. Sie sprang wieder von Cayennes Rücken, eilte zu ihrer kleinen Schwester und nahm sie in den Arm. »Ich habe doch nur Spaß gemacht.«

»Das *ist* aber nicht lustig«, schniefte Mia. »Mum und Dad reden auch von nichts anderem mehr. Aber ich werde Spotty niemals aufgeben! Er ist mein bester Freund!« Sie schlang die Arme um seinen Hals und drückte ihn fest an sich.

»Du könntest doch trotzdem noch jeden Tag Zeit mit ihm verbringen ...«, versuchte Sarah es vorsichtig.

»Das ist aber nicht dasselbe!«, entgegnete Mia. »Wir zwei sind ein Team und ich will kein anderes Pony reiten. Wie würdet ihr euch denn fühlen, wenn ihr *eure* Pferde aufgeben müsstet?«, fragte sie die anderen vier herausfordernd. Die Horse Club-Mädchen antworteten nicht. Was hätten sie darauf auch sagen sollen?

Anstatt in die Sattelkammer zu gehen, nahm Mia Spotty den Sattel und die weiche Sattelunterlage ab. Dann warf sie beides mit einem tiefen Seufzer über den Zaun. »Ich möchte heute sowieso lieber ohne Sattel reiten«, verkündete sie, ohne die anderen anzusehen. »Wir müssen los. Wir treffen uns mit Dad in der Reithalle. Er gibt mir Unterricht, solange auf dem Hof nicht viel los ist.«

»Mia«, versuchte es Sarah erneut, »sollen wir nicht lieber darüber reden?«

Aber Mia löste Spottys Führstrick und ließ ihn neben dem Heunetz baumeln. Dann hielt sie sich an den Zügeln und der Mähne des Ponys fest und stieg auf seinen Rücken. Mit hocherhobener Nase trabte sie an den Horse Club-Mädchen vorbei, die jedoch sehen konnten, wie traurig sie in Wirklichkeit war. »Es gibt nichts zu reden«, entgegnete Mia entschlossen. »Ich gebe Spotty nicht auf!“

»Arme Mia!«, sagte Sofia, als sie vom Hof ritt und sie ihr nachschauten. »Wenn ich nicht mehr auf Blossom reiten könnte ... Ich will gar nicht darüber nachdenken!«

Sarah, Hannah und Lisa empfanden genauso, was ihre Pferde anging.

»Ich wünschte, wir könnten ihr irgendwie helfen«, fügte Sofia hinzu.

»Vielleicht hat Tom ja eine Lösung«, schlug Lisa vor. »Er steckt immer voller guter Ideen.

Vor allem, wenn es um Pferde geht. Ich weiß zufällig, dass er heute Morgen im *Cups and Saddles*-Reitercafé arbeitet.«

Tom arbeitete nicht nur im Café, sondern auch auf dem Lakeside Hof. Nebenbei trainierte er außerdem seinen wunderschönen gescheckten Wallach Pino. Trotzdem nahm er sich immer für die Horse Club-Mädchen Zeit. Er wusste natürlich nicht, dass sie die Horse Club-Mädchen waren. Hannah, Lisa, Sarah und Sofia hielten ihren Club geheim. Niemand sonst wusste davon. Sie hatten sogar einen geheimen Treffpunkt: einen alten Wohnwagen im Peppertree-Wald, ganz in der Nähe von Lakeside. Sie hatten ihn selbst renoviert und gemütlich eingerichtet und zogen sich dorthin zurück, wann immer der Horse Club etwas Wichtiges zu besprechen hatte.

»Prima Idee«, fand Hannah. »Dann könnten wir Mia auch gleich einen Muffin mitbringen, um sie aufzuheitern. Die mit Schokolade und Kirschen mag sie am liebsten.“

»Und wir könnten uns selbst einen gönnen, wenn wir schon mal da sind«, fügte Lisa hinzu. »Vielleicht hat Tom heute ja welche mit Apfel und Zimt. Oder Banane und Pekannuss ...« Sie blickte so verträumt ins Leere, dass ihre drei Freundinnen schallend lachten.

»O Lisa, du denkst auch immer nur ans Essen«, scherzte Sofia.

»Das liegt an meinem Trainingsplan. Der ist wirklich anspruchsvoll, darum brauche ich jede Menge Energie«, verteidigte sich Lisa.

»Du hast genügend Energie für drei!«, lachte Sarah. »Kommt jetzt, auf zum Café!«

Und damit stiegen die Mädchen auf ihre Pferde und ritten davon.

Besuch im Café

Die Horse Club-Mädchen genossen den Ausritt durch den Peppertree-Wald und fanden ein gemütliches Tempo, mit dem alle zufrieden waren. Allerdings nur, bis sie die umgestürzte Eiche erreichten und Hannah und Lisa darauf bestanden, darüberzuspringen.

Sofia und Sarah klatschten ihren Freundinnen begeistert zu und sprangen selbst über einen kleineren Baumstamm. Hannah und Lisa bejubelten sie genauso laut – so laut, dass Storm furchtbar erschrak und eine Ehrenrunde im Galopp drehte.

Kurz darauf trafen sie im *Cups and Saddles* ein. Der morgendliche Ansturm hatte noch nicht begonnen und im Café war es relativ ruhig. Die weiße Fassade erstrahlte im Sonnenschein und Lisa erhaschte einen Blick auf einen ganzen Berg aus Muffins, der drinnen auf der Theke stand. Tom war vorne auf der Terrasse und strich einige alte Stühle mit leuchtend violetter Farbe an. Er blickte auf, als er das Hufgetrappel hörte, und grinste die Mädchen strahlend an.

»Hi, Mädels!«, rief er. »Wie geht's?«

»Uns ist ganz schön heiß – wir könnten zur Abkühlung einen deiner leckeren Smoothies gebrauchen!«, rief Hannah zurück. Cayenne wieherte zustimmend. »Ich glaube, Cayenne braucht auch was zu trinken. Und vielleicht eine kleine Portion Heu in eurem wunderschönen Pferdesalon«, fügte sie hinzu.

»Ich denke, das gilt auch für die anderen«, sagte Sarah. Sie führten ihre Pferde zur Seite des Cafés. »Bis gleich, Tom!«

»Bis gleich. Ich habe auch eine neue Smoothie-Sorte, die ihr testen könnt.«

»Gerne!«, freute sich Sarah. »Wir wollten dich aber auch noch etwas fragen.«

»Kein Problem, ich bin gleich bei euch«, erwiderte er und widmete sich wieder seinen Malerarbeiten.

Die vier stiegen von ihren Pferden, zogen die Steigbügel hoch, nahmen die Sättel ab und hievten sie auf das spezielle Gestell. Hannah füllte mit dem Schlauch mehrere Eimer voll

Wasser und jede der Freundinnen schleppte einen davon zu ihrem Pferd, damit sie ihren Durst stillen konnten. Dann banden sie die Tiere mit den extra bereitgestellten Halftern und Seilen an den Pfosten an und nahmen ihnen auch das Zaumzeug ab. Cayenne, Storm,

Mystery und Blossom futterten genüsslich von den prall gefüllten Heunetzen. »Ich glaube, unsere Pferde kommen genauso gern ins *Cups and Saddles* wie wir«, freute sich Lisa.

»Ganz sicher sogar«, stimmte Sarah ihr zu. »Es war wirklich eine grandiose Idee von Emily, diesen Pferdesalon einzurichten. Vielleicht können wir sie ja sogar noch waschen und striegeln, bevor wir wieder zurückreiten.« Emily hatte nicht nur brandneues Striegelzubehör

bereitgestellt, in der Wand gab es auch eine spezielle Luke, durch die Smoothies, Säfte und Muffins aus dem Café in den Salon gereicht werden konnten. So konnten sich die Gäste die Leckereien gemeinsam mit ihren Pferden schmecken lassen. Hannah nickte in Richtung der Luke. »Wisst ihr noch, wie sich Cayenne mal von meinem Saft bedienen wollte und ihn umgeworfen hat?«, fragte sie.

»Ja«, antwortete Sofia kichernd. »Da muss man echt aufpassen, vor allem bei Apfel-Karotte – den trinken alle Pferde am liebsten.«

Die Mädchen gingen zurück zu Tom, der immer noch mit Streichen beschäftigt war.

»Die Stühle sind wirklich schön«, fand Sofia. »Mir gefallen die verschiedenen Violetttöne in Kombination mit dem leuchtenden Gelb. Das wird hier draußen richtig cool aussehen.«

»Danke«, erwiderte Tom. »Ich muss allerdings gestehen, dass Emily die Farben ausgesucht hat.« Er grinste breit. Emily war Toms Schwester. Auch sie arbeitete in Lakeside und im *Cups and Saddles.*

»Falls ihr Sitzkissen dazu wollt, solltet ihr Sofia fragen«, warf Sarah ein.

»Ja, sie hat ein gutes Auge für Muster und Farben«, fügte Lisa hinzu und Sofia lächelte schüchtern bei dem Kompliment.

»Ja, das hat sie wirklich«, stimmte Hannah ihnen zu. »Das erkennt man auch sofort daran, was sie für unser – *AU!*« Lisa knuffte sie in die Rippen, damit sie sich nicht verplapperte und Tom etwas von ihrem geheimen Horse Club-Wohnwagen verriet. »Ähm ... Schulprojekt ausgesucht hat«, beendete Hannah den Satz.

»Geht ruhig schon rein, ich komme in einer Minute nach«, sagte Tom. »Ich möchte den hier nur noch fertig streichen. Und nehmt euch gerne einen Muffin, wenn ihr wollt.«

Das ließen sich die Mädchen nicht zweimal sagen. Ein paar Gäste saßen am Tisch vor dem Fenster, aber ansonsten war das Café leer. Sofia beschloss, ihren Freundinnen die Muffins zu servieren. Sie huschte hinter die Theke und zog sich die Schürze an, die dort hing. »Also, was darf es sein?«, fragte sie strahlend. »Das macht echt Spaß. Ihr wisst ja, dass ich selbst gerne backe und schon immer in einem Café arbeiten wollte.«

Während sich die anderen jede einen Muffin aussuchten, packte Sofia einen mit Schokolade und Kirschen für Mia in eine Tüte.

»Für mich bitte Apfel-Zimt«, sagte Lisa.

»Oh, die sehen alle so lecker aus. Aber ich glaube, ich nehme einen mit Heidelbeeren«, beschloss Sarah. »Die sind nämlich richtig gesund, wisst ihr?«

»Ja, das hast du schon ein paar *Hundert* Mal erwähnt!«, scherzte Hannah. »Ich nehme

trotzdem einen mit zweierlei Schokolade!«, fügte Hannah hinzu und griff nach einem der riesigen Muffins.

»Hey, Finger weg! Ich bin hier die Bedienung«, rief Sofia.

»Auch gut. Ein bisschen Schokolade hat noch niemandem geschadet«, versicherte Sarah.

Während Sofia ihren Freundinnen die Muffins auf Tellern servierte und einen mit Zitronenglasur für sich selbst aussuchte, schrieb Hannah alles auf die Sammelrechnung für Lakeside, die Tom hinter der Theke aufbewahrte. Sarah schaute zufällig gerade aus dem Fenster und sah, dass Tom stirnrunzelnd auf sein Handy blickte. Kurz darauf steckte er es wieder in seine Hosentasche und kam zu ihnen ins Café. Er wusch sich in der Toilette die Hände, stellte sich dann wieder hinter die Theke und band sich die Schürze um, die Sofia ihm widerwillig zurückgab.

Er mixte ihnen eine Kostprobe seiner jüngsten Kreation – Bananen-Smoothies mit schwarzen Johannisbeeren und Kokosmilch – und füllte das dunkellila Gemisch in hohe Gläser. »Danke, Tom«, sagte Hannah, »das sieht wirklich köstlich aus.« Ihre Freundinnen konnten ihr da nur zustimmen.

Die vier setzten sich mit ihren Gläsern und Tellern an ihren Lieblingstisch. »Ich hoffe wirklich, dass Tom eine Idee hat, wie wir Mia helfen können«, sagte Sarah.

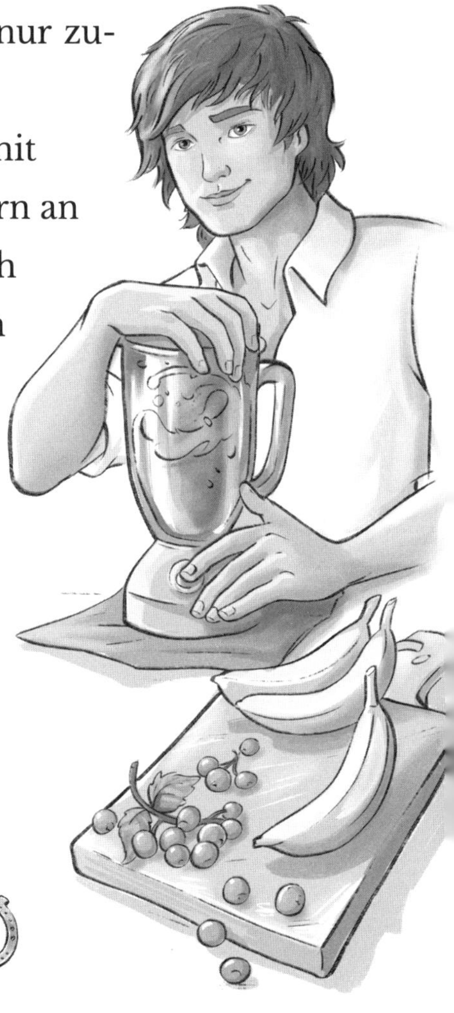

Tom hat eine Idee

»Tom, hast du mal eine Minute?«, fragte Hannah, als sie sich alle gesetzt hatten. »Dein Smoothie schmeckt übrigens genauso lecker, wie er aussieht.«

»Danke«, erwiderte Tom. »Und ja, *eine* Minute habe ich«, fügte er grinsend hinzu.

»Na ja, vielleicht dauert es auch ein bisschen länger als *eine* Minute«, entgegnete Hannah und schnitt eine Grimasse. Tom war eben stets zu Scherzen aufgelegt. »Es geht um Mia.«

Toms Miene wurde jedoch immer ernster, als die Freundinnen ihm erklärten, dass Mia sich weigerte, Spotty jemals aufzugeben. »Es wäre echt schade, wenn sie deswegen aufhören würde zu reiten«, fand er. »Es macht ihr so viel Spaß und sie wird immer besser, vor allem im Galopp.«

»Es wäre wirklich traurig«, stimmte Sofia ihm zu. »Darum sind wir heute hergekommen. Wir wollen ihr helfen, aber wir wissen nicht, wie. Wir hatten gehofft, dass du vielleicht eine Idee hast.«

»Hm ...« Tom überlegte kurz. Plötzlich piepste sein Handy. Er zog es aus der Hosentasche und legte es auf den Tisch. »Noch eine Nachricht von Maggie ...«

»Maggie Johnston?«, fragte Hannah. »Aus Six Oaks?«

Tom nickte. »Ja, genau.«

»Die Six-Oaks-Farm liegt auf der anderen Seite des Peppertree-Walds«, erklärte Hannah ihren Freundinnen. Im Dorf kannte jeder jeden und Maggie und Hannahs Eltern waren schon seit Ewigkeiten befreundet. »Ganz in der Nähe von Tori Michaels' Haus.«

»Würg!«, stieß Lisa aus, als sie Toris Namen hörte.

»So schlimm ist sie auch wieder nicht«, lachte Sarah.

»Was ist denn mit Maggie?«, wollte Hannah wissen. Sie biss genüsslich in ihren Muffin und lobte: »Himmlisch!«

»Ihr wisst ja, dass wir in Lakeside im Augenblick zwei Pflegepferde haben, oder?«, fragte Tom.

Die Mädchen nickten. »Eine Stute und ihr Fohlen, Kite und Teddy«, erwiderte Hannah.

»Sie gehören Maggie, aber sie sind bei uns, solange sie nicht da ist“, bestätigte Tom.

»Blossom und Mystery sind manchmal bei ihnen auf der Koppel, damit sie ein bisschen Gesellschaft haben«, fügte Sarah hinzu.

»Teddy ist *so* süß!«, fand Sofia.

Tom schaute nachdenklich aus dem Fenster. »Ah!«, rief er dann so laut aus, dass die Gäste an dem anderen Tisch verstummten und ihn anstarrten.

»Was?«, fragte Hannah neugierig.

»Na ja, ich hatte gerade eine fantastische Idee, die zwei Probleme auf einen Schlag lösen könnte«, antwortete er. »Es war vollkommen richtig von euch, zu mir zu kommen – ich bin und bleibe ein Genie!«

Die Mädchen verdrehten die Augen und stöhnten übertrieben. »Okay, dann lass mal hören, großer weiser Mann«, forderte Lisa ihn grinsend auf.

»Gut. Bevor sie weggefahren ist, hat Maggie mir erzählt, dass sie Schwierigkeiten hat, Kite und Teddy voneinander zu trennen, selbst für ein paar Meter. Kite ist nicht das Problem, sie hätte sogar gerne mal eine Pause. Aber Teddy wiehert sofort, galoppiert wild umher und lässt sich gar nicht mehr beruhigen. Das stresst natürlich auch die arme Kite. Maggie hat schon alles versucht. Sie hat mich gerade gefragt, ob ich ihr vielleicht dabei helfen könnte, Kite und

Teddy voneinander zu trennen, solange sie in Lakeside sind.

Anscheinend schlägt Teddy sofort aus und wird so unruhig, wenn er nur ein paar Meter von Kite weggeholt wird, dass Maggie ihn sofort wieder zu ihr bringt. Was natürlich nur dazu führt, dass er beim nächsten Mal ein noch größeres Theater veranstaltet. Schließlich weiß er, dass er dann schnell wieder zurück zu seiner Mutter darf.«

»Oh, armer Teddy«, sagte Sofia. Sie zerteilte den Muffin auf ihrem Teller in mehrere Stücke. »Warum können er und Kite denn nicht einfach zusammenbleiben?«

»Das ist eine wirklich gute Frage«, erwiderte Tom. »Es ist nicht so, dass sie nicht zusammenbleiben *sollen*, aber Teddy muss auch lernen, auf eigenen Beinen zu stehen.«

»Du meinst wohl auf eigenen Hufen«, scherzte Hannah.

»Genau!«, grinste Tom. »Und Kite braucht einfach mal eine Pause. Es ist ziemlich harte Arbeit, sich um ein Fohlen zu kümmern. Und je älter er wird, desto anstrengender wird er auch. Es wäre schön, wenn er ein paar neue Freunde finden würde.«

»Ah, jetzt verstehe ich«, sagte Sofia.

Hannah wirkte ein wenig verwirrt. »Und was hat das alles mit Mia und Spotty zu tun?«, fragte sie.

»Ja, das verstehe ich auch nicht«, stimmte Lisa ihr zu. Sie trank einen großen Schluck von ihrem Smoothie. Auch Sarah hatte verstanden, was Tom damit meinte, und tauschte einen wissenden Blick mit Sofia.

»Was?!«, rief Hanna und schaute die beiden ungeduldig an.

»Ja, was?!«, wollte auch Lisa wissen.

Sarah kicherte und antwortete: »Auf euren Pferden seid ihr zwei vielleicht schneller als wir, aber dafür sind *wir* schneller von Begriff.«

»Also«, begann Sofia, »Mia weigert sich, Spotty aufzugeben, richtig? Nur leider wird sie schon bald endgültig zu groß für ihn sein. Teddy, das Fohlen, will sich nicht von seiner Mama trennen, obwohl sie gerne mal wieder ein bisschen Ruhe und Frieden hätte. Wenn Mia also Teddy dabei hilft, sich von seiner Mutter zu lösen, erkennt sie vielleicht, dass es auch bald Zeit für sie sein wird ...«

»... sich von Spotty zu lösen!«, beendete Hannah den Satz. »Das *ist* clever, Tom!« Sie steckte sich den letzten Happen ihres Muffins in den Mund und schaute ihn voller Bewunderung an.

»Ich habe euch ja gesagt, dass ich ein Genie bin«, erwiderte er.

»Aber wir müssen die Sache geheim halten«, fügte Hannah hinzu. »Wenn Mia Wind davon bekommt, was wir vorhaben, wird sie sich weigern, auch nur in Teddys Nähe zu gehen.«

»Bist du sicher, dass es eine gute Idee ist, ihr nichts zu verraten?«, fragte Sarah stirnrunzelnd. »Wäre es nicht besser, ihr ehrlich zu sagen, was wir vorhaben?«

»Nein, nicht in diesem Fall«, antwortete Hannah. »Wenn sie herausfindet, was dahintersteckt, regt sie sich bestimmt wieder furchtbar auf. Du hast ja gesehen, wie sie heute Morgen auf dem Hof reagiert hat. Und ich weiß, wie wütend sie wird, wenn Mum das Thema zu Hause auch nur erwähnt. Sie hat Mia sogar schon vorgeschlagen, ihr ein anderes Pony zu kaufen. Aber Mia ist nur wutentbrannt nach oben auf ihr Zimmer gestürmt und hat sich *zwei Stunden* lang geweigert, wieder herauszukommen!«

»Arme Mia«, seufzte Sofia.

»Am Ende konnte ich sie mit frisch gebackenen Keksen herauslocken«, erzählte Hannah weiter. »Aber nur unter

der Bedingung, dass keiner von uns das Thema noch mal anspricht, wenn sie wieder nach unten kommt.«

Sarah nickte und aß das letzte Stück von ihrem Muffin, während Sofia ihren Smoothie austrank.

»Frag deine Mutter, ob es in Ordnung ist, wenn wir Mia bitten, uns mit Teddy zu helfen«, wandte sich Tom an Hannah und stand vom Tisch auf. »Wenn sie einverstanden ist, treffen wir uns alle morgen um zwei an der Koppel.«

»Du meinst, wir dürfen auch mitkommen?«, fragte Lisa mit leuchtenden Augen.

Tom nickte. »Je mehr, desto besser.«

»Hurra!«, rief Hannah aus. »Danke, Tom. Du weißt ja, dass ich Tierärztin werden will, oder? Ich würde wirklich gerne sehen, wie du die Sache angehst und wie Teddy sich verhält.«

»Am liebsten würde ich ihn immer nur knuddeln«, sagte Sofia.

»Ich bin mir sicher, dass sich das auch einrichten lässt«, erwiderte Hannah mit einem Grinsen.

Und damit war es beschlossen: Mission »Mia und Teddy« konnte beginnen!

Chillen im Wohnwagen

Am folgenden Tag gönnten sich die vier Horse Club-Freundinnen nach einem geschäftigen Morgen auf dem Hof eine verdiente Pause in ihrem Geheimtreff. Es war noch gar nicht lange her, dass sie den Wohnwagen bei einem ihrer Abenteuer im Peppertree-Wald gefunden hatten, indem sie einer mit mehreren Kreuzen und einem Pferdekopfsymbol markierten alten Landkarte gefolgt waren. Der Wohnwagen war in ziemlich heruntergekommenem Zustand gewesen und offensichtlich seit Jahrzehnten nicht mehr genutzt worden. Sie hatten darin ein paar verstaubte Rosetten und ausgefranste Führstricke sowie einen geheimnisvollen alten Schlüssel auf dem Fensterbrett gefunden.

Die Freundinnen hatten beschlossen, den Wohnwagen in einen gemütlichen

Treffpunkt zu verwandeln, ihn geputzt und aufgeräumt und ihm einen neuen Anstrich verpasst. Sofia hatte außerdem wunderschöne Bilder von ihnen und ihren Pferden gemalt, die nun an der Wand hingen. Die hübsch gepunkteten lila Kissen aus der Scheune, die auf der Bank am Tisch lagen, machten den Wohnwagen nur umso gemütlicher.

Durch die Buchstaben »H. C.« auf einem geheimen Kästchen, das sie ebenfalls entdeckt hatten, waren sie auf die Idee gekommen, ihren eigenen Horse Club zu gründen.

Inzwischen gab es sogar ein Horse Club-Geheimtagebuch, in dem sie ihre Abenteuer und Erlebnisse festhielten. Heute wollten sie ein paar Sachen aufschreiben, auf die sie besonders stolz waren. Ruby, ein liebenswerter Border Collie und Hannahs Familienhund, war auch dabei und lag neben Hannahs Füßen. Meist kamen die Mädchen mit ihren Pferden her und banden sie draußen im Schatten an, heute jedoch nicht. Storm und Cayenne ruhten sich im Stall aus und Blossom und Mystery genossen ein paar Stunden auf der Koppel mit Kite und Teddy. Die beiden Gastpferde fühlten sich in Lakeside bereits wie zu Hause, genau wie Tom es gesagt hatte. Emily sammelte ganz in der Nähe ihrer Koppel Pferdeäpfel auf, um sie im Auge zu behalten, nur für den Fall.

Lisa schrieb als Erste ins Tagebuch, während Hannah durch Rubys dichtes Fell wuschelte und Sofia in dem Skizzenbuch zeichnete, das sie ebenfalls im Wohnwagen aufbewahrte.

»Und, liest du uns vor, was du geschrieben hast?«, fragte Sarah, als Lisa aufblickte und den Stift weglegte.

»Klar«, antwortete sie. »Also, ihr wisst ja alle, dass ich davon träume, professionelle Springreiterin zu werden, richtig?«

»Ich glaube, du hast es mal erwähnt.« Hannah lachte.

Lisa zog die Augenbrauen hoch und warf ihr langes schwarzes Haar über ihre Schultern. »Wenn man etwas erreichen will, muss man sich voll darauf konzentrieren«, fuhr sie mit einem Lächeln fort. »Na ja, jedenfalls habe ich in letzter Zeit noch mehr trainiert als sonst. Ich möchte meine Sprünge über die schwierigen Kombinationshindernisse verbessern. Storm und ich haben unermüdlich geübt, und gestern haben wir es endlich geschafft. Und darauf bin ich wirklich stolz.«

»Gut gemacht!«, sagte Sofia.

»Das ist toll!«, stimmte Hannah ihr zu.

»Großartig!«, fand auch Sarah. »Du und Storm habt euch heute wirklich eine Pause verdient.«

Lisa lachte. »Da hast du recht, ein Tag ohne Training ist genau das, was wir jetzt brauchen.«

»Ich bin die Nächste«, rief Hannah. »Obwohl, eigentlich weiß ich nicht so recht, wie ich es aufschreiben soll. Vielleicht führe ich es euch lieber vor. Ich wollte euch zeigen, wie fantastisch mein Training mit Ruby läuft.«

»Au ja!«, freute sich Sofia. »Hey, wie wär's, wenn du es uns zeigst und ich eine Zeichnung davon mache? Dann können wir sie ins Tagebuch legen und uns immer daran erinnern, was ihr geschafft habt.«

»Das ist eine schöne Idee, danke, Sofia«, erwiderte Hannah und sprang begeistert auf. »Komm, Ruby!«, rief sie und schwang sich ihren Rucksack über die Schulter. »Zeigen wir ihnen, was wir draufhaben.«

Auf der Wiese vor dem Wohnwagen zog Hannah zwei Stofftiere aus ihrem Rucksack. »Das nennt man aufspüren«, erklärte sie. »Ich habe Ruby beigebracht, Gegenstände, die ich versteckt habe, anhand ihres Geruchs zu finden.“

»Wow«, sagte Lisa. »Du meinst wie diese Such- und Rettungshunde, die verirrte Wanderer in den Bergen finden?«

Hannah lächelte. »Im Prinzip schon, ja. Ich glaube allerdings nicht, dass Ruby schon jemanden retten könnte. Aber eines Tages vielleicht.«

»Sitz«, befahl Hannah Ruby, dann: »Warte.« Die Hündin gehorchte und hechelte glücklich. Hannah verschwand hinter dem Wohnwagen. Ein paar Minuten später kehrte sie wieder zurück, nur noch mit einem Stofftier in der Hand. »Und jetzt«, sagte sie, »kommt der spannende Teil.« Sie ließ Ruby an dem Stofftier schnuppern und sagte dann: »Such!«

Zuerst wirkte Ruby ein wenig verwirrt. Sie schien sich nicht sicher zu sein, wo sie hinsollte, und ging ein paarmal um denselben Baum herum. Dann erschnüffelte sie jedoch eine Spur und folgte ihr, die Schnauze dicht über dem

Boden und mit wedelndem Schwanz. Die Mädchen folgten ihr hinter den Wohnwagen und tatsächlich: Nachdem sie noch ein paarmal geschnuppert hatte, zog Ruby das zweite Stofftier aus einem Gebüsch.

»Bravo! Gut gemacht, Ruby!«, rief Sofia und zeichnete schnell eine Skizze der stolzen Hündin auf ihr Blatt Papier.

»Braves Mädchen!«, lobte Hannah sie. Dann gab sie Ruby einen Hundekeks aus ihrer Hosentasche, holte einen Tennisball aus dem Rucksack und warf ihn weg, damit die glückliche Hündin ihn apportieren konnte.

»Der Hundekeks und der Tennisball sind ihre Belohnung«, erklärte Hannah. »Die Kekse muss ich aber bald weglassen, sonst ist Ruby irgendwann genauso rund wie ein Tennisball!«

»Das ist wirklich cool, Hannah!«, sagte Lisa. »Kannst du das auch mit was anderem machen oder müssen es die Stofftiere sein?«

»Nein, es geht auch was anderes, solange es nach der Person riecht, der es gehört«, antwortete Hannah. »Die Stofftiere hat mir eine Freundin von Mum geliehen. Bis vor Kurzem hat sie ihr Sohn noch jede Nacht zum Schlafen mit ins Bett genommen.«

»Man könnte auch ein Kleidungsstück benutzen, dann könnte der Hund die Person finden, der es gehört«, fügte Sarah hinzu.

»Ja, ganz genau«, sagte Hannah. »Aber das habe ich noch nicht ausprobiert.«

Hannah warf den Ball noch ein letztes Mal für Ruby, dann gingen sie zurück in den Wohnwagen. Sofia präsentierte ihren Freundinnen ein riesiges Bild, an dem sie schon seit einer ganzen Weile arbeitete und das sie hinter einem der Vorhänge versteckt hatte. Es zeigte Blossom beim Galopp über die Koppel, während ihre wunderschöne Mähne im Wind flatterte.

»Wow, das ist ja unglaublich, Sofia«, staunte Sarah.

»Sie sieht so fröhlich aus«, fand Hannah und Lisa stimmte ihr zu.

»Ich habe sie neulich draußen auf der Koppel gezeichnet. Mir gefiel die Skizze so gut, dass ich unbedingt ein Gemälde davon machen

wollte«, erklärte Sofia strahlend. »Es passt natürlich nicht ins Tagebuch, aber wir könnten die ursprüngliche Skizze hineinlegen. Und die von Hannah und Ruby natürlich.«

»Danke!« Hannah strahlte und wuschelte wieder durch Rubys Fell.

»Tja, ich habe nicht wirklich was zu berichten«, gestand Sarah. »Ich genieße es einfach, Zeit mit Mystery zu verbringen. Und ich helfe anderen, wo ich kann.«

»Darauf kannst du auch stolz sein«, sagte Sofia. Das fanden Hannah und Lisa auch. Hannah warf einen Blick auf ihre Armbanduhr und sagte: »Weil wir gerade davon sprechen, anderen zu helfen: Es ist schon fast zwei Uhr – Zeit, unseren Teddy-und-Mia-Plan in die Tat umzusetzen.«

Teddy trifft ein

Tom wartete bereits mit Mia am Tor, als die Horse Club-Mädchen an Teddys und Kites Koppel eintrafen. Teddy, ein Palomino mit einem Stern auf der Stirn, trug eine rosa Fliegendecke mit blauem Zickzackmuster.

»Oh, er sieht so süß aus«, säuselte Sofia.

»Ich mag seine weißen Stiefel«, sagte Mia.

»Und seinen Stern. Er sieht ein bisschen so aus, als hätte ihn jemand aufgemalt, aber dann ist ihm die Farbe ausgegangen«, fügte Sarah hinzu. „Ich könnte mich gleich in ihn verlieben, das sollte Mia auch nicht schwerfallen."

Lisa lachte. »Stimmt!«

Teddy graste zufrieden neben Kite, einer wunderschönen braunen Stute mit einer langen weißen Blesse auf dem Gesicht. Blossom und Mystery standen ein Stück abseits unter dem Schatten einer alten Eiche. Als die beiden

Sarah und Sofia entdeckten, trotteten sie zu ihnen, um sich ihre Streicheleinheiten abzuholen.

»Sie wirken alle sehr zufrieden«, fand Hannah. »Manchmal kann es Probleme geben, wenn man Pferde zusammen auf eine Koppel stellt. Aber diese vier scheinen sich gut zu verstehen.«

»Ja, Kite ist sehr entspannt, genau wie Mystery und Blossom«, erwiderte Tom. »Mystery hat von Anfang an klargestellt, dass sie das Sagen hat, und die anderen respektieren das. Ihre Ruhe und ihr Selbstbewusstsein wirken sich positiv auf die ganze Herde aus.«

»Ich bin so stolz auf dich«, sagte Sarah und streichelte Mystery an ihrer Lieblingsstelle am Hals.

»Okay, legen wir los«, sagte Tom. »Teddy wurde mit elf Monaten ganz natürlich entwöhnt, was bedeutet ...«

Er schaute Hannah auffordernd an, die den Satz zu Ende brachte: »Was bedeutet, dass er nun feste Nahrung zu sich nimmt und keine Muttermilch mehr.«

»Richtig«, bestätigte Tom. »Deshalb muss er jetzt auch selbstständiger werden. Blossom und Mystery würden sich beide hervorragend als Ersatzmütter für ihn eignen. Das bedeutet dann sogar ...«

»Er hätte noch ein anderes, sanftmütiges Pferd, das auf ihn aufpasst und Zeit mit ihm verbringt«, unterbrach Hannah ihn.

Tom lächelte sie an. »Du hast deine Hausaufgaben gemacht. Leider hat Teddy bisher nur keinerlei Interesse gezeigt, sich mit ihnen anzufreunden. Er will nur seine Mama.«

»Warum ist er denn immer noch so auf Kite fixiert, wenn sie ihm gar keine Milch mehr gibt?«, wollte Mia wissen.

»Gute Frage«, sagte Tom. »Aber sie hat ihm ja nicht nur Milch gegeben. Sie ist auch sein sicherer Hafen, von dem aus er die Welt erkunden kann. Für ihn ist sie sein Zuhause.«

»Genauso geht es mir auch mit Spotty«, sagte Mia und warf Hannah einen herausfordernden Blick zu. Doch Hannah lächelte nur und erwiderte nichts, um ihren Plan nicht zu verraten.

»Das kann ich mir gut vorstellen«, versicherte Sarah mitfühlend.

»Im Moment ist Teddy allerdings auch nicht besonders scharf darauf, die Welt zu erkunden«, fuhr Tom fort. »Er nervt Kite die ganze Zeit und ist ihr ständig im Weg.«

»Ich finde, sie sehen ganz harmonisch aus«, erwiderte Mia. Aber dann begann Teddy wie aufs Stichwort, Kite wegen Milch anzustupsen, und zwar ziemlich unsanft. Als er damit keinen Erfolg hatte, fing er an, umherzuspringen und auszuschlagen, und versuchte,

sie dazu zu bringen, mit ihm zu spielen. Tom und die Mädchen schauten zu, wie Kite den Kopf schüttelte und davontrottete, aber Teddy folgte ihr sofort und wieherte laut.

Dann stürmte Teddy plötzlich auf Mystery zu, die ihn jedoch sehr entschlossen verscheuchte, bevor er wieder zu Kite zurückgaloppierte. Tom lachte. »Das können Ammenstuten den Fohlen auch beibringen: bessere Manieren!« Er klatschte in die Hände und fügte hinzu: »Okay, fangen wir an! Sarah und Sofia, wenn ihr Mystery und Blossom gehen lasst, können sich die beiden auf Teddy und Kite konzentrieren. Okay, und wer von euch drei anderen hat Lust, unseren Wildfang Teddy zu bändigen? Hannah, Mia oder Lisa?«

Hannah und Lisa tauschten einen wissenden Blick, als sie beide eifrig die Hand hoben. Auch Mia streckte die Hand in die Höhe – sie hatte ja keine Ahnung, dass Tom sie sowieso auswählen würde. »Mia«, sagte Tom fröhlich. »Wie wär's, wenn du es mal versuchst?«

Mia nickte und sah sehr stolz aus. Er griff nach den Futtereimern neben sich und reichte ihr einen roten. »Gut, nimm den hier mit auf die Koppel. Mal sehen, ob du Teddy damit ein Stück von Kite weglocken kannst. Hannah, du sorgst mit deinem Eimer dafür, dass Kite beschäftigt ist. Und Lisa, wenn du die beiden hier zu Mystery und Blossom bringst, dann fühlen sie sich nicht ausgeschlossen.«

Unter Toms wachsamen Augen betraten die drei Mädchen die Koppel. Teddy war richtig neugierig auf die Menschen und trottete direkt auf Mia zu, als sie seinen Namen rief und mit dem Eimer klapperte. Auch Hannah rief Kite ein paar Meter entfernt mit ihrem Eimer zu sich, während Lisa Mystery und Blossom beschäftigte. Schon bald futterte Teddy mit solcher Begeisterung, dass Mia ausrief: »Hey!

Den Eimer sollst du aber nicht mitessen!« Außerdem schien er ihre Fleecejacke verspeisen zu wollen. Sie zog sie deshalb aus und Tom hängte sie über den Zaun.

»Gut gemacht«, lobte Tom sie, während Kite und Teddy zufrieden weiterfutterten. »Okay, Hannah und Mia, geht noch ein Stückchen weiter auseinander. Mal sehen, ob Teddy und Kite euch trotzdem folgen. Aber schön langsam. Wir dürfen natürlich auch die Gefühle der Stute nicht vergessen. Manchmal wiehern sie nervös, wenn die Entfernung zu groß ist.« Die Schwestern machten noch ein paar Schritte weiter auseinander und Teddy und Kite folgten ihnen anstandslos.

»Kite wirkt überhaupt nicht nervös«, freute sich Hannah, während die Stute weiter aus dem Eimer fraß.

»Teddy macht seine Sache auch richtig gut, stimmt's, mein Kleiner?«, lobte Mia ihn. »Du bist wirklich ein braver Junge!«

Tom lächelte. »Okay, legen wir ihnen Halfter und Führstricke an. Dann könnt ihr sie noch ein Stück weiter wegführen. Mal sehen, wie es klappt.«

Die Horse Club-Mädchen tauschten verstohlen einen aufgeregten Blick. Das war der Moment der Wahrheit! Sie wünschten sich alle so sehr, dass Mia es schaffte – aber würde sich Teddy wirklich noch weiter von Kite fortführen lassen?«

Anders als erwartet

Tom kam zu ihnen und reichte Hannah und Mia die Halfter und Führstricke, die über dem Zaun hingen. Die beiden legten sie Kite und Teddy ohne Schwierigkeiten an.

»Bereit?«, fragte Hannah Mia. Ihre kleine Schwester nickte und die Mädchen führten Mutter und Fohlen in entgegengesetzte Richtungen davon und klapperten verlockend mit ihren Eimern. Es klappte so gut, dass sie noch ein paar Schritte weitergingen. Anfangs schien auch das kein Problem zu sein, aber dann blickte sich Teddy plötzlich nervös nach Kite um. Er begann, laut zu wiehern und hin und her zu springen.

»Okay, Mia ...«, begann Tom, »bring ihn wieder ein bisschen näher zu ihr.«

Aber Mia schien Tom gar nicht zu hören. Stattdessen beschloss sie, dem armen Teddy eine Standpauke zu halten. »Ehrlich, Teddy, sei doch nicht so albern«, schimpfte sie ungeduldig. »Deine Mama ist doch gleich da drüben!« Sie zeigte mit einer schnellen Armbewegung in Kites Richtung. Teddy erschrak, machte einen Satz rückwärts und wieherte erneut kläglich. Nun wurde auch Kite nervös und begann, aufgebracht hin und her zu tänzeln. Hannah versuchte, sie zu beruhigen, aber Teddy wieherte ununterbrochen. »Hör auf damit, Teddy!«, befahl Mia ihm. »Du musst endlich mal zur Vernunft kommen. Hinter deinem Rücken lachen dich schon alle aus, weil du dich wie ein kleines Baby aufführst!«

Die Horse Club-Mädchen und Tom tauschten einen erstaunten Blick und auch Teddy schien Mias plötzliche Strenge überhaupt nicht zu gefallen. Mit einem weiteren lauten Wiehern bäumte er sich auf und riss ihr den Führstrick aus der Hand. Die Mädchen beobachteten die Szene erschrocken und Tom ging zu den beiden hinüber.

»Oh, nein!«, rief Sarah, als Teddy plötzlich zu Kite stürmte und das Seil gefährlich zwischen seinen Beinen über den Boden schleifte. Es wickelte sich um seinen linken Hinterlauf und riss ihm den Kopf nach unten. Erschrocken bäumte er sich auf und drehte sich in der Luft. Die Mädchen beobachteten ihn mit wild hämmernden Herzen. Auch Kite war völlig verängstigt, aber Hannah schaffte es, sie festzuhalten.

Zum Glück reagierte Sarah blitzschnell. Sie näherte sich Teddy zügig, aber ruhig. Sie bekam sein Halfter zu fassen und es gelang ihr, das Seil zu entwirren. Alle atmeten erleichtert auf, heilfroh, dass es dem Fohlen gut ging.

Hannah funkelte ihre Schwester böse an. »Warum hast du das zu Teddy gesagt?«, blaffte sie Mia an. »Das war gemein! Du hast ihm richtig Angst eingejagt. Und du hättest das Seil nicht loslassen dürfen – das war echt gefährlich. Wenn Pferde so in Panik geraten, können sie sich ernsthaft verletzen!«

Mia warf Hannah einen finsteren Blick zu, die Fäuste trotzig in die Hüften gestemmt. »Na ja, aber er *muss* schließlich zur Vernunft kommen!«, schrie sie. »Genau wie ich!«

»Hey, warte!«, rief Sofia, als Mia sich unter dem Zaun hindurchduckte und auf dem Reitweg davonrannte.

»Lasst mich in Ruhe!«, brüllte Mia. »Ihr alle!«

Sofia wollte ihr trotzdem nachlaufen, aber Tom meinte, es wäre besser, sie für eine Weile in Ruhe zu lassen. »Sie soll sich erst mal ein bisschen beruhigen«, sagte er. »Ihr könnt später noch mit ihr reden und herausfinden, was wirklich mit ihr los war.« Er wirkte genauso verdutzt wie die Mädchen. »Ich muss allerdings zugeben, dass das Mia gar nicht ähnlich sieht«, fügte er hinzu.

»Nein, das stimmt«, sagte Sarah nachdenklich. »Ganz und gar nicht ... Und es ist doch wirklich eigenartig, einem Pferd zu sagen, dass es alle hinter seinem Rücken auslachen. Ich glaube, du hast recht, Tom. Wir lassen sie erst mal für eine Weile in Ruhe.«

Auch die anderen Horse Club-Mädchen stimmten ihm zu. Während Tom zur unteren Koppel ging, um den Zaun zu überprüfen, gingen sie zurück zum Tor. Teddy versuchte wieder, Mias Fleecejacke zu fressen, die immer noch über dem Zaun hing. Hannah schnappte sie sich im Vorbeigehen und band sie sich um den Bauch. »Wartet mal«, sagte Lisa plötzlich. »Ist das nicht ...«

Die drei anderen schauten zu der Stelle, auf die Lisa zeigte. »Das sind Mia und Spotty!«, rief Sarah.

»Es sieht aus, als wollten sie in den Peppertree-Wald«, sagte Hannah stirnrunzelnd. »Mia sollte nicht ausreiten, wenn sie so aufgebracht ist, schon gar nicht allein!«

»Sie sind ziemlich schnell unterwegs«, bemerkte Sarah ein wenig nervös. »Ich habe dabei kein gutes Gefühl, Mädels.«

»Ich auch nicht«, stimmte Hannah ihr zu. »Wir sollten ihr nachgehen.«

»Aber sie ist wirklich schnell ...«, sagte Sofia.

»Ja, aber wir sind schneller – jedenfalls auf unseren Pferden«, erwiderte Hannah. »Kommt!«

Gemeinsam rannten sie zum Hof zurück. Sie setzten ihre Reithelme auf

und zogen ihre Reitwesten an. Dann sattelten Lisa und Hannah hastig Cayenne und Storm, während sich Sofia und Sarah ihr Sattelzeug schnappten und es in eine Schubkarre luden, um es leichter zu Mystery und Blossom auf die Koppel transportieren zu können.

Schon wenige Minuten später waren auch ihre Pferde gesattelt. Sie führten sie gerade durch das Tor, als Hannah und Lisa auch schon auf dem Reitweg zu ihnen galoppierten, mit Ruby im Schlepptau.

»Habt ihr einem Erwachsenen gesagt, was los ist?«, fragte Sarah und schwang sich in Mysterys Sattel.

»Nein, wir haben niemanden gesehen und wollten keine Zeit verlieren«, antwortete Lisa.

»Kommt jetzt, wir müssen los«, rief Hannah aufgeregt. »Mia ist gerade zwischen den Bäumen verschwunden.«

Sofia schwang sich auf Blossoms Rücken. Sie überprüften alle noch einmal schnell ihre Sattelgurte und galoppierten dann mit klappernden Hufen Richtung Peppertree-Wald davon.

Auf der Suche nach Mia

Mia und Spotty waren auf dem Hauptweg durch den Wald nirgendwo zu entdecken. Am hinteren Waldrand kamen die Horse Club-Mädchen an einer Familie vorbei, die dort ein Picknick machte und ihnen versicherte, dass sie niemanden gesehen hatten. Besorgt kehrten die vier Freundinnen wieder um und ritten zurück. Sie teilten sich in Zweiergruppen auf, suchten auch all die kleinen Nebenpfade ab und riefen immer wieder nach Mia. Ruby trottete freudig neben Hannah und Sarah her und glaubte vermutlich, sie befänden sich auf einem ganz normalen Ausflug.

»Schau mal!«, rief Hannah plötzlich, als sie sich der umgestürzten Eiche näherten. »Ich glaube, sie ist da vorne!« Sie trieb Cayenne an und galoppierte auf die Person zu, die sie zwischen den Bäumen entdeckt hatte. Ruby rannte ihr sofort hinterher und auch Sarah und Mystery jagten ihr mit fliegenden Hufen nach.

Als sie zwischen den Bäumen auftauchten, sahen sie jedoch eine völlig gelassene Tori Michaels auf Princess vor sich. Hannah spürte ein enttäuschtes Stechen in der Magengegend, weil sie Mia doch nicht gefunden hatten. Tori war der letzte Mensch, mit dem Hannah sich im Augenblick herumschlagen wollte. »Hast du zufällig Mia und Spotty gesehen?«, fragte sie Tori.

»Nein. Warum?«, fragte Tori zurück und blickte sie schief an. »Und würde es euch vielleicht etwas ausmachen, nicht wie die Wilden aus dem Gebüsch zu stürzen? Ihr habt Princess zu Tode erschreckt.«

Princess wirkte jedoch vollkommen entspannt und kein bisschen erschrocken. Aber Tori ließ sich nun mal nie eine Gelegenheit entgehen, einen Streit mit Hannah anzufangen. Hannah spürte, wie die Wut in ihr hochstieg. Sarah erkannte sofort, was los war, und ging schnell dazwischen. »Du hast Mia also nicht auf Spotty vorbeireiten sehen?«, fragte sie. »Sie war sehr aufgebracht und ist allein mit ihm los und jetzt können wir sie nirgendwo finden.«

»Nein, ich habe sie nicht gesehen, das habe ich doch schon gesagt«, erwiderte Tori hochnäsig. »Außerdem weiß ich wirklich nicht, warum sie dieses winzige Pony nicht endlich aufgibt. Sie ist viel zu groß für ihn. Sie sollte endlich zur Vernunft kommen und –« Sie hörte auf zu reden, als sie sah, dass Sarah sie vollkommen verdutzt anstarrte. »Was denn? Warum glotzt du mich so an?«, wollte sie wissen.

»Ich wusste doch, dass irgendetwas nicht stimmt, als Mia diese gemeinen Sachen zu Teddy gesagt hat«, erwiderte Sarah. »Sie ist so ein liebes Mädchen. *Du* hast das alles zu *Mia* gesagt, stimmt's, Tori? Über Spotty? Sie hat es nur wiederholt. Wahrscheinlich dachte sie, jemand müsste nur mal ein ernstes Wort mit Teddy reden, so, wie *du* es mit *ihr* getan hast.«

»Ich habe keine Ahnung, wovon du sprichst. Was hat sie denn zu Teddy gesagt?«, fragte Tori und versuchte, unschuldig auszusehen, allerdings ohne Erfolg.

»Sie hat gesagt, dass er sich wie ein albernes Baby aufführt und endlich zur Vernunft kommen muss«, antwortete Sarah. »Und sie glaubt, dass hinter ihrem Rücken alle über sie lachen.«

»Hast du das zu ihr gesagt, Tori?«, wollte Hannah wutentbrannt wissen.

Tori stieß ein gekünsteltes, hohes Lachen aus und versuchte, lässig zu wirken. Hannah funkelte sie böse an und auch Sarah warf ihr einen strengen Blick zu. »Oh, das ... Ähm, ja, jetzt erinnere ich mich wieder. Ich habe vielleicht ein paar Bemerkungen gemacht«, erwiderte sie, nahm die Hand von Princess' Zügeln und blies ein wenig Staub von ihren perfekt manikürten Fingernägeln. »Aber ich habe nur die Wahrheit gesagt – irgendjemand musste schließlich ehrlich zu ihr sein.«

»Du weißt, dass das richtig gemein war«, sagte Sarah. »Mia ist völlig außer sich irgendwo ganz allein im Wald und wir können sie nicht finden.«

»Wenn ihr irgendetwas passiert, dann ist das *deine* Schuld, Tori«, fauchte Hannah sie zornig an.

Tori wollte gerade protestieren, erwiderte dann jedoch etwas sanfter: »Na ja, ich wusste ja nicht, dass das passieren würde. Aber ich kann euch gerne beim Suchen helfen. Ich habe heute Nachmittag nichts Dringendes zu erledigen ...«

»Gut«, sagte Sarah schnell, bevor Hannah Toris Hilfe ablehnen konnte. Je mehr Leute bei der Suche nach Mia halfen, desto besser.

Die drei Mädchen suchten auf drei verschiedenen Nebenpfaden nach Mia und riefen immer wieder nach ihr, erhielten jedoch keine Antwort. Dann hörten sie plötzlich Hufgetrappel ganz in der Nähe, aber ihre Freude währte nur kurz: Es waren nur Lisa und Sofia. Sie sahen genauso verschwitzt und besorgt aus wie Sarah und Hannah. »Dort drüben ist sie nicht«, verkündete Lisa. »Aber warum ist *sie* hier?«, fügte sie mit einem finsteren Blick auf Tori hinzu.

»Sie hilft uns beim Suchen«, antwortete Sarah. »Aber wir haben schon fast den ganzen Peppertree-Wald abgegrast, ohne die geringste Spur von Mia. Ich glaube, wir sollten zurückreiten und deinen Eltern erzählen, was passiert ist, Hannah. Sie müssen es erfahren.«

»Das finde ich auch«, sagte Sofia.

Hannah wollte ihr gerade zustimmen, hatte dann jedoch eine Idee. Sie sprang aus Cayennes Sattel und nahm Mias Fleecejacke ab, die noch immer um ihren Bauch gebunden war.

»Was machst du denn da?«, fragte Lisa verdutzt.

»Mal sehen, wie viel Ruby wirklich schon gelernt hat«, antwortete Hannah. Sie rief Ruby zu sich, hielt ihr die Fleecejacke unter die Nase und ließ sie ausführlich daran schnuppern.

»Oh!«, rief Lisa aus.

»Super Idee!«, fand Sofia. Ruby schien konzentriert und schaute dann erwartungsvoll zu Hannah auf.

Hannah lächelte angespannt. »Hoffen wir einfach, dass es funktioniert«, sagte sie. Dann wandte sie ihre Aufmerksamkeit wieder Ruby zu, die wachsam und einsatzbereit vor ihr saß. »Okay, Ruby: such!«

»Ha! Glaubst du wirklich, sie kann –«, begann Tori, doch ein finsterer Blick von Lisa brachte sie zum Schweigen.

Ruby schnupperte eine Weile zwischen den Bäumen und folgte dann dem Hauptweg zurück nach Lakeside.

»Wahrscheinlich geht sie nur zurück nach Hause«, vermutete Tori. Hannah ignorierte sie, hoffte jedoch inständig, dass Tori damit falsch lag. Ruby hatte schließlich noch nie versucht, einen Menschen aufzuspüren, und auch noch nie ein so großes Gebiet abgesucht. Trotzdem stieg sie wieder auf Cayennes Rücken und die fünf Mädchen folgten Ruby. Als die Hündin nach einer Weile plötzlich kehrtmachte, war Hannah enttäuscht. »Dann ist sie also doch keiner Fährte gefolgt«, murmelte sie. »Vielleicht sollten wir einfach aufgeben und wirklich wieder nach Lakeside reiten.«

»Warte«, rief Lisa. »Schau mal, was sie jetzt macht.«

Ruby drehte sich wieder Richtung Lakeside um. Sie folgte dem Hauptweg noch ein Stück und kam dann wieder zurück, die Nase dicht am Boden. Sie ging ein paar Mal hin und her und wirkte dabei immer aufgeregter.

»Siehst du? Sie hat doch eine Spur gefunden«, fügte Lisa aufgeregt hinzu.

Dann verschwand Ruby plötzlich raschelnd im Gebüsch.

»Es könnte auch nur ein Kaninchen gewesen sein«, erwiderte Hannah. »Wir werden sehen ... Die Pferde können hier nicht durchs Gebüsch. Wir müssen einen anderen Weg finden.«

»Da drüben ist ein Pfad, der auf die andere Seite führt«, wusste Lisa. »Kommt mit!«

Sie galoppierten aus dem Stand los und wirbelten jede Menge Staub auf. Als sie die andere Seite der Büsche erreichten, konnten sie Ruby zu ihrer Rechten bellen hören. Etwas langsamer ritten sie auf das Gebell zu. Die Pferde bahnten sich vorsichtig einen Weg durch das Unterholz, während sich die Reiterinnen immer wieder unter niedrig hängenden Ästen hindurchduckten. Plötzlich hörten sie ein leises Weinen, das sich unter Rubys Bellen mischte.

»Es *ist* Mia!«, rief Hannah aus und trieb Cayenne an. Sie duckte sich ganz tief und galoppierte durch das Unterholz davon. Als die anderen zu ihr aufschlossen, war Hannah bereits abgestiegen und stand neben einer völlig aufgelösten Mia. Auch die anderen Mädchen sprangen von ihren Pferden. Tori und Lisa hielten Mystery und Blossom fest, während Sofia und Sarah zu Mia eilten.

»Was ist denn passiert? Bist du verletzt?«, fragte Sofia und drückte Mia an sich.

»Mir geht's gut. Oder, na ja, eigentlich nicht. Mein Knöchel tut weh und ich kann nicht richtig auftreten ... und Spotty ist weg!«, jammerte Mia. »Irgendetwas im Gebüsch hat ihm Angst gemacht, ich bin gestürzt und er ist davongestürmt. Ich weiß nicht, wo er ist! Oh, was, wenn wir ihn nie wiederfinden?« Und dann brach sie in Sofias Armen in Tränen aus.

Sofia nahm sie fest in ihre Arme, streichelte sie zärtlich und redete Mia leise und sanft zu. Langsam beruhigte sich Mia und ihre Tränen begannen zu trocknen.

Sofia war einfach gut im Trösten. Das hatte Mia nicht zum ersten Mal erfahren.

Wo ist Spotty?

Nach einer Weile hatte sich Mia wieder ein wenig beruhigt, vor allem, als Lisa und Hannah versprachen, nach Spotty zu suchen. Hannah erklärte auch Lisa und Sofia, dass ihre Schwester nur so gemein zu Teddy gewesen war, weil Tori all diese gemeinen Dinge zu *ihr* gesagt hatte. Prompt stellten sie fest, dass Tori verschwunden war.

Sofia drückte Mia noch einmal fest an sich und Sarah fragte sanft: »Du weißt schon, dass das nicht wahr ist, oder? Was Tori gesagt hat? Niemand lacht dich aus.«

Mia schaute sie mit großen runden Augen und tränenüberströmten Wangen an. »Versprochen?«

»Versprochen«, versicherte Sarah. »Wir wollen dir alle nur helfen.« Sie blickte zu Sofia hinüber, die aufmunternd nickte. Sie wusste, dass es an der Zeit war, Mia die Wahrheit zu sagen. »Wir haben mit Tom vereinbart, dass *du* ihn bei Teddy unterstützt«, gab sie zu. „Wir dachten, wenn du Teddy hilfst, sich von Kite abzunabeln, wird dir vielleicht klar, dass es in Ordnung ist, wenn du dich auch von Spotty löst.«

»Oh!«, sagte Mia. »Als Hannah, Lisa und ich uns freiwillig gemeldet haben, um Tom zu helfen, hätte er also sowieso nur mich ausgewählt? Und ihr wusstet das schon vorher?«

Sarah verzog das Gesicht. »Entschuldige. Ich fand, dass wir von Anfang an ehrlich zu dir hätten sein sollen. Aber Hannah war sich sicher, dass du dann gar nicht erst mitgekommen wärst, um Teddy zu helfen.«

»Sie hatte recht – ich wäre nicht mitgekommen«, gab Mia zu und seufzte tief. »Trotzdem danke, dass ihr es versucht habt.« Sie blickte sich ängstlich um und fügte hinzu: »Oh, ich hoffe wirklich, dass sie Spotty bald finden. Ich habe solche Angst, dass er sich vielleicht verletzt hat, als er so panisch in den Wald gestürmt ist. Kommt, wir suchen auch nach ihm.« Sie versuchte aufzustehen, aber ihr Knöchel knickte ein, sie fiel zu Boden und jaulte vor Schmerzen auf.

»Du gehst nirgendwohin«, erwiderte Sofia streng, »und wir lassen dich nicht allein hier.«

Im selben Moment kehrten Lisa und Hannah auf Storm und Cayenne zurück.

»Oh, ihr habt ihn nicht gefunden«, jammerte Mia. »Was, wenn er sich verletzt hat? Was, wenn er irgendwo liegt, mit gebrochenem –«

»Um Himmels willen!«, hörten sie eine schrille Stimme aus der anderen Richtung. »Mach doch nicht so ein Theater! Er hat ganz gemütlich Gras gefuttert. Er könnte wirklich mal eine Diät vertragen, weißt du?« Die fünf drehten sich um und sahen, dass Tori mit hocherhobenem Haupt auf Princess auf sie zutrottete. Sie führte Spotty an einem brandneuen, leuchtend rosa Strick neben sich.

»Spotty!«, rief Mia. Sofia und Sarah grinsten breit, halfen ihr auf die Beine und stützten sie auf dem Weg zu ihrem geliebten Pony. Mia warf die Arme um Spottys Hals und er wieherte glücklich.

»Wir dachten, du wärst längst nach Hause gegangen, Tori!«, sagte Lisa.

»Ja, na ja ... Ich dachte, ich könnte euch genauso gut beim Suchen helfen«, erwiderte sie kühl. »Wenn ihr mich nicht hättet, was? Nicht, dass ich von euch ein Dankeschön erwarte ...«

Sie verstummte und wartete *eindeutig* auf ein Dankeschön.

»Danke, Tori!«, rief Mia. Sie wirkte so glücklich, dass selbst Tori nicht anders konnte, als ihr ganz flüchtig zuzulächeln. »Gern geschehen«, erwiderte sie knapp. »Ihr könnt ihn mit meinem Führstrick nach Hause bringen.« Sie warf einen Blick auf Spotty, rümpfte die Nase und fügte dann hinzu: »Aber ich erwartete, dass ihr ihn wascht, bevor ihr ihn mir wieder zurückgebt.«

Mia war so erleichtert, dass es Spotty gut ging, dass sie sich kein bisschen über Toris Bemerkung ärgerte. »Wenn ich Tom das nächste Mal mit Teddy helfe, möchtest du dann vielleicht auch mitkommen, Tori?«, fragte sie.

Tori überraschte diese Frage genauso sehr wie die Horse Club-Mädchen.

»Nein danke«, antwortete sie arrogant. »Ich habe wirklich kein Interesse daran, mir irgendein Fohlen anzuschauen. Ich habe Wichtigeres zu tun.« Und damit wendete sie Princess elegant auf der Stelle und trabte in perfektem Rhythmus durch den Wald davon.

Mia drückte Spotty ganz fest an sich und die vier Freundinnen strahlten einander an. »Es war wirklich nett von dir, Tori einzuladen, nachdem sie so gemein zu dir war«, fand Sofia.

Mia zuckte mit den Schultern. »Manchmal glaube ich, dass sie nur so gemein ist, weil sie sich ausgeschlossen fühlt«, erwiderte sie.

Sarah lächelte. »Genau das denke ich auch manchmal.«

»Gut gemacht, Ruby!«, lobte Hannah ihre Hündin, als sie mit zufrieden wackelndem Schwanz zu ihr eilte. »Und auch wenn ich nie gedacht hätte, dass ich das mal sagen würde: Gut gemacht, Tori!«, fügte sie mit leiserer Stimme hinzu, als sie sich ganz sicher war, dass Tori sie nicht mehr hören konnte. Alle waren erleichtert, dass Mias Ausflug so gut zu Ende gegangen war und auch Spotty wieder wohlbehalten an Mias Seite trottete. Ohne Tori wäre Spotty vielleicht nicht so schnell wieder aufgetaucht.

Mia und Teddy

Auch am darauffolgenden Nachmittag gingen die Horse Club-Mädchen wieder pünktlich um zwei Uhr zur Koppel hinunter. Sie waren mit Tom und Mia verabredet und wollten noch cinmal versuchen, Teddy von Kite zu trennen. Als sie das Tor erreichten, trotteten Mystery und Blossom sofort auf Sarah und Sofia zu, während Kite und Teddy weitergrasten und den Mädchen keinerlei Beachtung schenkten.

»Vielleicht sollten wir Mia ein bisschen helfen«, schlug Hannah vor. »Sie kann immer noch nicht wieder richtig gehen. Dr. Harris hat zwar

gesagt, dass nichts gebrochen ist, aber ihr Knöchel ist noch ziemlich dick angeschwollen.«

Wie sich herausstellte, mussten sie sich um Mia jedoch keine Sorgen machen. Tom kam gerade mit einer Schubkarre den Reitweg hinunter – und Mia saß darin!

»Wirklich eine originelle Transportmethode«, rief Sarah lachend.

Hannah half Mia aus der Schubkarre, während Lisa die Futtereimer, Halfter und Führstricke auslud, auf denen Mia gesessen hatte.

»Wie geht's deinem Knöchel?«, erkundigte sich Sofia.

»Schon viel besser, danke«, antwortete Mia grinsend. Sie ging ein paar Schritte. Tom lachte und sagte: »Mia, du Frechdachs! Eben hast du noch behauptet, du könntest überhaupt nicht auftreten, dabei geht's dir schon wieder richtig gut. Du wolltest nur in der Schubkarre chauffiert werden, habe ich recht?«

Mia kicherte. »Na ja, du hast es schließlich angeboten ...«

Dann sahen sie ein Mädchen mit perfektem blondem Pferdeschwanz, sehr schicker Reithose und gelb-schwarz karierter Bluse auf dem Reitweg auf sie zukommen. »Tori!«, rief Lisa erstaunt. »Ich dachte, du interessierst dich nicht für Teddy.«

»Na ja, eigentlich hatte ich wirklich etwas Besseres vor«, erwiderte Tori hochnäsig. »Aber es ist in letzter Minute etwas dazwischengekommen. Und da ich sowieso gerade in der Nähe war –«

»Ach, komm schon, Tori. Sei ehrlich!«, unterbrach Tom sie. »Du bist vorhin zu mir gekommen und hast mich gefragt, wann wir uns das nächste Mal hier treffen.«

Tori lief knallrot an.

»Du kannst uns natürlich gerne helfen, Tori«, freute sich Lisa. »Wir wollten gerade Pferdeäpfel aufsammeln, damit wir Mia nicht im Weg sind, wenn sie Teddy dabei hilft, sich von seiner Mutter abzunabeln.«

Tori wirkte völlig entsetzt. »Nein, vielen herzlichen Dank!«, rief sie aus. »Solche Sachen überlasse ich dem Personal. Ich schaue einfach von hier aus zu.« Sie warf ihr Haar zurück, lehnte sich an den Zaun und begann, mit ihrem Handy herumzuspielen.

Die Horse Club-Mädchen grinsten nur und betraten die Koppel. Es war typisch Tori, dass sie sich nicht die Hände schmutzig machen wollte.

Sie wollten gerade zum Lagerschuppen auf der anderen Seite der Koppel hinübergehen, als Mia sie aufhielt. »Wartet mal kurz. Ich wollte euch noch was sagen.«

»Was gibt's denn?«, fragte Sofia.

»Na ja, als ich gestern Abend mit den Eisbeuteln um meinen Knöchel auf dem Sofa lag, habe ich noch mal in Ruhe über alles nachgedacht«, begann sie. »Mir ist klar geworden, dass es nicht nur um mich geht, sondern auch darum, was das Beste für Spotty ist. Genauso, wie es hier nicht nur um Teddy geht, sondern auch darum, was das Beste für Kite ist. Und ich will nur das Beste für Spotty, weil ich ihn lieb habe. Es sollte jemand auf ihm reiten, der die richtige Größe für ihn hat, damit er weiterhin viele Abenteuer erleben kann. Ich will nicht, dass er den ganzen Tag nur auf der Koppel steht und darauf wartet, dass ich Zeit für ihn habe.«

»Das ist super!«, sagten Sarah und Sofia und drückten Mia ganz fest an sich. Hannah war furchtbar stolz auf ihre kleine Schwester. Sie wusste, wie schwer es für sie gewesen sein musste, sich zu dieser Entscheidung durchzuringen.

»Das bedeutet natürlich auch, dass du in Zukunft auf einem neuen Pony reiten kannst«, sagte Lisa. Bevor Mia ihr widersprechen konnte, hob sie schnell die Hände und fügte hastig hinzu: »Eines Tages, meine ich natürlich. Sobald du bereit dazu bist und das richtige Pony für dich findest. Wir werden dich zu gar nichts drängen.«

»Danke«, erwiderte Mia. »Irgendwann bin ich bestimmt so weit, schließlich reite ich unheimlich gern. Ich will nur, dass ihr wisst, dass es nicht –«

»Sofort passieren wird«, riefen die Horse Club-Mädchen und Mia im Chor und lachten.

»Das ist wirklich großartig, Mia«, fand auch Tom. »Wollen wir dann mal sehen, ob wir Teddy auch helfen können?«

»Na klar«, antwortete Mia strahlend.

Die anderen vier stapften zum Lagerschuppen hinüber, schnappten sich die Pferdeäpfel-Schaufeln und machten sich an die Arbeit. Sarah und Sofia schenkten Mystery und Blossom absichtlich keine Beachtung, obwohl die Pferde sie immer wieder anstupsten. Nach einer Weile gaben sie es jedoch auf und kehrten zu der friedlich grasenden Kite zurück.

Mia ging mit einem Futtereimer zu Teddy, während Tom einen zu Kite brachte. Das Fohlen steckte sofort den Kopf in den Eimer und futterte gierig. Die Horse Club-Mädchen lächelten einander an, als sie hörten, wie Mia begann, ihm gut zuzureden.

»Teddy, wir müssen uns mal unterhalten«, sagte sie sanft. »Ich verstehe ja, dass du am liebsten immer bei deiner Mama sein möchtest. Mir geht's mit Spotty schließlich genauso. Aber du musst jetzt tapfer sein und auf eigenen Beinen stehen. Da draußen warten so viele neue Abenteuer auf dich.«

Tom nickte ihr aufmunternd zu, und Mia ging auf den hinteren Zaun zu, während Tom Kite in die entgegengesetzte Richtung lockte. Zu Mias großem Erstaunen folgte Teddy ihr. Dann trottete auch Mystery zu ihnen und stellte sich ganz nah neben Teddy, während Blossom der völlig entspannt wirkenden Kite am Wassertrog Gesellschaft leistete.

»Ich glaube, heute brauchen wir die Halfter gar nicht«, rief Tom Mia zu.

»Du machst das wirklich großartig«, lobte sie auch Sofia.

»Ich glaube nicht, dass es meinetwegen ist. Wahrscheinlich liegt es nur am Essen«, rief Mia zurück. Als Teddy jedoch kurz aufhörte zu futtern und sie anstupste, konnte sie ein Grinsen nicht unterdrücken.

»Das Essen hattest du gestern auch«, erwiderte Sarah, »aber es hat trotzdem nicht so gut geklappt. Man sieht, wie gerne er mit dir zusammen ist.«

Lächelnd streichelte Mia zärtlich Teddys Hals und entfernte sich noch ein paar Schritte weiter von Kite. Teddy wirkte einen Moment lang verunsichert, senkte dann jedoch den Kopf, schnaubte zufrieden und folgte ihr. »Seht ihr das?«, freute sich Mia. »Seht ihr, was er macht?«

Da sie Teddy nicht erschrecken wollten, indem sie alle durcheinanderriefen, zeigten ihr die Horse Club-Mädchen nur begeistert zwei Daumen hoch.

»Gut gemacht, Mia«, lobte Tom sie. »Aber bleib jetzt erst mal stehen. Du kannst zufrieden damit sein, was du heute erreicht hast. Teddy hat einen Riesenschritt nach vorne gemacht. Ihr müsst nicht alles auf einmal schaffen. Es ist genau wie bei dir und Spotty: immer schön langsam, einen Schritt nach dem anderen.«

Glücklich streichelte Mia Teddy und Mystery und lobte die beiden Pferde.

»Du musst wirklich stolz auf Mystery sein«, sagte Sofia zu Sarah. »Ich glaube, ich mache mal ein Bild von allen vier, wie sie –«

»Und du kannst wirklich stolz auf Blossom sein«, unterbrach Sarah sie strahlend. »Sie ist Kite wirklich eine große Unterstützung.«

»Ich *bin* stolz auf sie«, versicherte Sofia.

Kite stand immer noch zufrieden mit Blossom am Wassertrog. »Sie gönnt sich gerade eine Pause von ihrem Nachwuchs und plaudert bei einer schönen Tasse Kaffee mit einer guten Freundin, genau wie alle Mütter«, scherzte Lisa.

Teddy verputzte auch das letzte Futter im Eimer und begann dann, entspannt neben Mystery zu grasen. Auf Toms Zeichen hin entfernte sich Mia von den beiden und gesellte sich wieder zu den anderen Mädchen. Tom

überließ auch Blossom und Kite wieder sich selbst und sie gingen alle gemeinsam zurück zum Tor.

Tori stand noch immer am Zaun, beobachtete Teddy mit abwesender Miene und drehte ein Handyvideo von der Szene.

»*Weinst* du etwa, Tori?«, fragte Hannah und grinste spöttisch.

»Nein, ich habe nur was im Auge«, platzte sie heraus und wischte sich hastig die Tränen weg. »Oder besser gesagt: in beiden Augen.« Dann seufzte sie und fügte hinzu: »Ach, wem mache ich etwas vor? Das war eben so wunderschön ... *Natürlich* muss ich da weinen.«

»Oh, Tori!«, sagte Mia. »Lass dich mal drücken.«

»Nein, du machst nur meine Bluse dreckig«, kreischte Tori

entsetzt. Sie sprang vom Zaun, als Mia sich auf sie werfen wollte, und verschwand eilig wieder Richtung Hof. Die Horse Club-Mädchen erkannten jedoch, dass sie Mühe hatte, ein Lächeln zu unterdrücken.

»Ich werde Spotty immer lieb haben«, sagte Mia, »und ihn jeden Tag besuchen, auch wenn es irgendwann an der Zeit ist, mir ein anderes Pferd zu suchen. Ich bin so froh, dass wir in Lakeside wohnen und er für immer hierbleiben kann.«

»Und du weißt ja, dass Spotty dich genauso lieb hat wie du ihn, oder?«, fragte Lisa.

Mia nickte. »Ja, das weiß ich«, antwortete sie lächelnd. Dann blickte sie zu Blossom hinüber und fügte hinzu: »Sofia, falls du mal irgendwann darüber nachdenkst, ein anderes Pferd zu reiten, könnte ich ja ...»

Sofia wirkte völlig entsetzt. Mia kicherte und rief: »Haha, das war natürlich nur ein Witz.«

»Mia, du Frechdachs!«, stieß Sofia aus und ihre Freundinnen platzten fast vor Lachen.

Dann ging Mia auf die Schubkarre zu, plötzlich wieder mit einem schrecklichen Humpeln, und setzte sich hoffnungsvoll hinein. Die vier Horse Club-Mädchen tauschten einen strahlenden Blick. »Wir haben es geschafft!«, sagte Sarah.

»Ja. Auf den Horse Club ist eben Verlass«, fügte Hannah hinzu.

»Gut, Sofia, dann können wir ja jetzt wieder den Sprung über die umgestürzte Eiche üben«, begann Lisa.

»Oh, hör endlich auf damit«, rief Sofia und wirkte erneut völlig entsetzt.

»Das war natürlich auch nur ein Witz«, versicherte Lisa kichernd und zog ihre drei besten Freundinnen in eine Umarmung.

Nach einer Weile lösten sie sich wieder voneinander und drehten sich noch einmal zur

Koppel um. Während sie die Pferde beobachteten, fragten sie sich still, was ihr nächstes Horse Club-Abenteuer wohl für sie bereithalten würde.

Der Horse Club stellt sich vor

Drei Fragen an:

Hannah

Wie würdest du dich selbst beschreiben?
Ich bin ein echtes Cowgirl. Meine Eltern, Oliver und Caro Kramer, sind die Besitzer von Lakeside, wo ich mit meiner kleinen Schwester Mia aufgewachsen bin.

Welchen Gegenstand hast du immer dabei?
Ein Seil für Lasso-Übungen, praktische Dinge wie eine Taschenlampe.

Dein Motto?
Wo ein Wille ist, ist auch ein Weg.

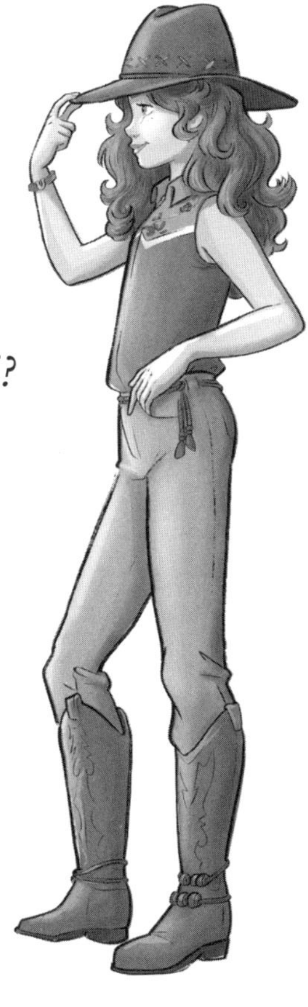

Cayenne

Lieblingsdisziplin: Westernreiten

Rasse: Quarter Horse

Farbe: Fuchs

Drei Fragen an:

Lisa

Wie würdest du dich selbst beschreiben?
Ich liebe Wettkämpfe! Storm und ich freuen uns am meisten über eine perfekte Runde im Springreiten, nach der wir den Pokal mit nach Hause nehmen.

Welchen Gegenstand hast du immer dabei?
Eine Thermosflasche mit heißem Kakao. Er wärmt mich immer auf, wenn es nötig ist.

Dein Motto?
Packen wir's an!

Storm

Lieblingsdisziplin: Springreiten

Rasse: Hannoveraner

Farbe: Rappe

Drei Fragen an:

Sofia

Wie würdest du dich selbst beschreiben?

Bei mir dreht sich alles ums kreativ sein! Am glücklichsten bin ich, wenn ich zeichne, male oder wenn ich beim Ausreiten mit meinen Freundinnen meinen Gedanken nachhängen kann.

Welchen Gegenstand hast du immer dabei?

Eine Haarspange mit Blumen.

Dein Motto?

Wenn du es dir vorstellen kannst, kannst du es auch schaffen!

Blossom

Lieblingsdisziplin: Freies Reiten

Rasse: Andalusier

Farbe: Schimmel

Drei Fragen an:

Sarah

Wie würdest du dich selbst beschreiben?

Ich bin neu in Lakeside, aber dank der Mädels habe ich mich gleich Zuhause gefühlt.
Ich liebe es, die Rätsel der Horse Club-Landkarte zu lösen.

Welchen Gegenstand hast du immer dabei?

Mein Notizbuch, um großartige Ideen festzuhalten.

Dein Motto?

Magie gibt es wirklich – man muss nur daran glauben.

Mystery

Lieblingsdisziplin: Dressurreiten

Rasse: Araber

Farbe: Palomino

HORSE CLUB

Horse Club-Regeln

1. Wir versprechen, uns immer um unsere Pferde und die unserer Freunde zu kümmern.

2. Horse Club ist ein Geheimnis! Das gilt auch für unseren Wohnwagen im Wald.

3. Wir versprechen, immer Menschen, Pferden und anderen Tieren in Not zu helfen.

4. Wir werden niemals uns selbst oder andere in Gefahr bringen.

5. Wir bleiben für immer Freunde.

Malen und Stickern mit den Horse-Club Mädchen!

Sticker-Malspaß
€ 5,99 (D) / € 6,20 (A)
ISBN 978-3-96080-291-4

Begleite die vier Horse Club Mädchen bei ihren Abenteuern. Viel Spaß beim Ausmalen der Freundinnen und ihrer Pferde. Die farbigen Sticker helfen dir dabei.

Stickerbuch für Pferdefreunde
€ 5,99 (D) / € 6,20 (A)
ISBN 978-3-96080-155-9

Reite mit den vier Horse Club-Mädchen über die grünen Wiesen von Lakeside und begleite sie auf Turniere, in den Stall oder in ihr Geheimversteck im Wald. Gestalte dein eigenes Horse Club-Abenteuer mit vielen ablösbaren Stickern von Hannah, Lisa, Sarah, Sofia und ihren Pferden.

- Mit über 200 Stickern zum Rätsellösen und Spaßhaben
- Mit interessanten Fakten rund um das Thema Pferd